La fiesta de las tortillas

The Fiesta of the Tortillas

Jorge Argueta

Ilustrado por / Illustrated by
María Jesús Álvarez

Traducido por / Translated by
Joe Hayes & Sharon Franco

loqueleo

oy a contarles una historia llena de magia y de sabor. Cuando esto sucedió, yo tenía ocho años y tenía el pelo negro, los ojos negros y la piel morena, como del color de la madre tierra, y me llamaban Koki, no Jorge. Koki también se llamaba mi periquito, que era bien parlanchín y verde, color cerro. Con los bolsillos de mis pantalones cortos llenos de canicas, hules, piedras, trompos, resorteras, semillitas y una que otra cosa más que me sirviera para jugar, corría descalzo y sin camisa, de aquí para allá todo el día, saltando bajo la lluvia, elevando pizcuchas, subiéndome a los árboles y jugando al escondelero.

¡Qué suerte la mía de haber vivido en una casa llena de tanta magia!... Y de sabores, porque en mi casa funcionaba un comedor (que es como les llaman a los restaurantes en El Salvador). En él trabajaban todas mis tías y primas.

I'm going to tell you a story that is full of magic and flavor. When it happened, I was eight years old, with black hair, black eyes, and brown skin like the color of Mother Earth, and I was called Koki, not Jorge. Koki was also the name of my talkative little parrot that was green like the color of the hills. With the pockets of my shorts full of rubber bands, rocks, marbles, tops, slingshots, seeds, and any other thing I could play with, I ran barefoot and shirtless, from here to there, all day long, skipping in the rain, flying kites, climbing trees, and playing hide-and-seek.

I was lucky to live in a house full of so much magic and so many flavors! For in my house we had a comedor, which is what restaurants are called in El Salvador. And in this comedor, all my aunts and cousins worked.

Un día, en la madrugada, mi tía Toya escuchó desde su cama un ritmo de palmas que provenía de la cocina del comedor.

"¿Quién se habrá levantado a echar las tortillas tan temprano? ¿Quién estará haciendo las tortillas tan alegremente?", se preguntó mi tía, y de su cama dio un salto para ir a la cocina, pero cuando llegó no había nadie.

El fuego de la hornilla estaba apagado, y el comal, a un lado, cerca de la leña donde ella lo dejaba todas las noches. En una mesa verde, los platos de distintos colores montados uno sobre otro parecían acordeones silenciosos; las ollas, los sartenes y los cucharones también colgaban, en silencio, de las paredes. Todo estaba en su lugar: los cuchillos, las cucharas y los tenedores estaban en un recipiente de plástico amarillo. Las tazas y las pailas estaban en los anaqueles.

Mi tía se rascó la cabeza y dijo: "A lo mejor estaba soñando", y regresó confundida a su cama.

One morning at dawn, when my Aunt Toya was still in bed, she heard the sound of rhythmic clapping coming from the kitchen of the comedor.

"Who could have gotten up so early to make tortillas? Who could be making tortillas so cheerfully?" my aunt wondered. She jumped out of bed and went to the kitchen, but when she got there she didn't see anyone.

There was no fire in the hornilla, and the comal was set aside next to the firewood where she left it every night. On a green table, the stacks of different-colored plates looked like silent accordions. The pots, skillets, and ladles hung silently from the walls. Everything else was in its place, too. The knives, forks, and spoons lay in a yellow plastic container. The cups and frying pans sat on the shelves.

My aunt scratched her head and said, "Maybe I was dreaming." Puzzled, she went back to bed.

Ese día, cuando amaneció y en la casa flotaba un delicioso aroma a tomate, cebolla, ajo, pimienta, chile verde y a todas las otras deliciosas verduras y especias con que se cocinaba en el comedor, mi tía Toya se veía pensativa, observando alrededor del comal a mis otras tías y primas que estaban haciendo tortillas. Mi tía paraba el oído buscando el ritmo cuidadosamente a ver si podía distinguir quién de todas hacía las tortillas con el mismo ritmo de la persona que ella había escuchado en la madrugada; pero no podía atinar y seguía pensativa.

Mi tía Rosa, que la vio actuando de manera un poco extraña, le preguntó:

—¿Qué te pasa, Toya? Te noto un poco preocupada.

—Rosa —respondió mi tía Toya—, ¿tú no escuchaste nada extraño esta madrugada?

—¿Extraño, como qué? —preguntó mi tía Rosa abriendo sus ojos bien grandes.

—Bueno —dijo mi tía Toya—, tempranito, esta mañana, alguien estaba echando tortillas. Me levanté corriendo a ver quién era y cuando llegué a la cocina, no había nadie.

Later that day, when everyone was awake, the delicious smell of tomatoes, onions, garlic, pepper, green chiles, and other vegetables and spices cooking in the comedor, floated through the house. Aunt Toya seemed distracted as she watched my other aunts and cousins making tortillas around the comal. She listened carefully to see if she could pick out who made tortillas with the same rhythm she had heard earlier that morning. But she couldn't do it. She was still puzzled.

Aunt Rosa, who noticed she was acting a bit strange, asked her, "What's wrong with you, Toya? You look a little worried."

"Rosa," Aunt Toya said, "did you hear anything unusual this morning?"

"Unusual? Like what?" Aunt Rosa asked, her eyes opening wide.

"Well," said Aunt Toya, "very early this morning, somebody was making tortillas. I jumped up and ran to see who it was, but when I got to the kitchen, no one was there."

—¡Ah! —dijo mi tía Rosa, abriendo sus ojos lo más que pudo. Mi tía Rosa se veía feliz. Se arregló entusiasmada su delantal floreado y, tocando a mi tía Toya en el brazo, le dijo emocionada: —¿Tú también lo escuchaste? Pensé que yo era la única que lo había escuchado —luego, hablando como en secreto, dijo—: Yo lo escuché una vez hace ya varios meses... Nunca se lo dije a nadie, porque tuve miedo de que dijeran que me había vuelto loca.

Las dos se rieron de la satisfacción que les daba saber que no estaban locas.

—Bueno, pero, ¿quién será? ¿Quién será? —dijeron las dos, y se sentaron en una mesa a adivinar quién podría ser aquella mujer, aquel hombre, aquel espíritu o fantasma que llegaba en las madrugadas a hacer las tortillas con aquel ritmo tan alegre.

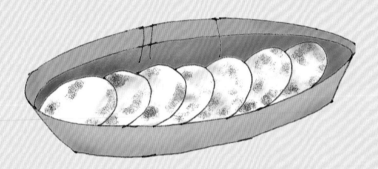

"Ah!" Aunt Rosa said, her eyes opening even wider. Aunt Rosa looked so happy. Excitedly, she straightened her flowered apron and, touching Aunt Toya's arm, exclaimed, "You heard it too? I thought I was the only one." Then, speaking very softly, she said, "I heard it once a few months ago. I never told anybody because I was afraid they'd say I was crazy."

They both laughed with satisfaction. They were pleased to know they weren't crazy.

"Okay, but who was it? Who could it have been?" they both said. They sat down at a table to try to figure out who could be the woman, man, spirit, or ghost that came early in the morning to make tortillas with such a cheerful rhythm.

La mañana en el comedor pasó como siempre, olorosa y ocupada, con gente que entraba y salía a tomar su desayuno: frijoles refritos, huevos picados o estrellados, casamiento con queso y plátanos fritos con crema y frijoles, y las mágicas pupusas —que no pueden faltar. Pupusas revueltas, rellenas con frijoles y queso, y pupusas con chicharrón y con loroco, acompañadas con un curtido especial que mis tías hacían con diferentes verduras. Era una delicia tal que hacía a la gente volver por más.

En el almuerzo, no faltaba la carne asada o seca, carne puesta a secar al sol, con sal. Normalmente se prepara con chiles verdes y tomates, se sirve con frijoles, arroz y tortillas. Al lado de la carne se ponen rabanitos, tomate en rodajas y limón. Tampoco faltaban en el almuerzo las sopas bien calientitas de pollo, de frijoles o de pata.

Antes de irse a dormir, mis tías Toya y Rosa se pusieron de acuerdo:

—Si tú escuchas el ritmo, me levantas, y si yo lo escucho, yo te levanto —se dijeron la una a la otra.

The morning in the comedor went as usual. It was full of wonderful smells and lots of people coming and going for breakfast. There were refried beans, eggs scrambled or sunny-side up, casamiento with cheese, fried bananas with cream and beans, and of course, there were the magical pupusas. Pupusas revueltas filled with beans and cheese, and pupusas with chicharrón or loroco, served with a special garnish my aunts made from many different vegetables. It was all so tasty that people kept coming back for more.

At lunchtime, there was plenty of grilled beef and carne seca—beef that is dried in the sun and salted. It is usually made with green chiles and tomatoes and served with beans, rice, and tortillas. On the side, there were radishes, sliced tomatoes, and lime. There was also a good hot soup, made with chicken, beans, or pig's feet.

Before they went to bed, Aunt Toya and Aunt Rosa made an agreement. "If you hear the clapping, wake me up, and if I hear it, I'll wake you up."

La madrugada siguiente mi prima Chila escuchó un ritmo de palmas que la hizo salir corriendo de su cama a la cocina. La pobre pensó que se le había pegado la cobija, pero para su sorpresa, cuando llegó a la cocina del comedor, no había nadie; todo estaba en completo silencio. Chila, que tenía el pelo rizo, sintió que del miedo se le alisó. Su cuerpo se erizó por completo, y regresó corriendo a su cama.

Cuando amaneció, Chila le contó a mi tía Toya lo que le había sucedido. Mi tía se sorprendió de no haber escuchado nada, pero también le causó risa. Se quedó pensativa por un instante y le dijo a Chila:

—¡Qué extraño está esto! —y para que Chila no siguiera asustada, le dijo—: ¿Sabes qué, mi'jita?, tu tía Rosa y yo hemos escuchado lo mismo, pero hemos decidido no decírselo a nadie, y trataremos de agarrar a quien sea con las manos en la masa, así que nos tienes que ayudar a averiguar quién es.

At dawn the next morning, my cousin Chila heard a rhythmic clapping that sent her running from her bed to the kitchen. The poor girl thought she had overslept. But to her surprise, when she got to the restaurant, no one was there. Everything was totally quiet. Chila, whose hair was curly, swore she felt it straighten out from fright. Goose bumps broke out all over her body, and she ran back to bed.

When the sun came up, Chila told Aunt Toya what had happened. My aunt was surprised that she hadn't heard anything, but it also made her laugh. She thought for a minute and then said to Chila, "This is so strange!" So that Chila wouldn't be scared, she said, "Do you know what, mi'jita? Aunt Rosa and I have heard the same thing, but we decided not to tell anyone. We're going to try to catch the guilty one in the act. You must help us find out who it is."

—Claro que sí —dijo Chila y, sintiéndose un poco mejor, le salió una sonrisita de su pequeña boca.

—Así que hoy, durante el día, trata de fijarte quién hace tortillas con el mismo ritmo que escuchaste esta madrugada —concluyó la tía Toya. Chila afirmó con la cabeza y estuvo de acuerdo en no decirle nada a nadie.

Ese día, las tres estuvieron como detectives buscando el ritmo que habían escuchado entre las otras mujeres que hacían tortillas alrededor del comal. Las tres estaban muy atentas a todo lo que pasaba en el comedor.

Así pasó todo el día, pero no pudieron escuchar a nadie que hiciera tortillas con aquel ritmo que ellas habían escuchado en la madrugada. Antes de dormirse, se pusieron de acuerdo nuevamente:

—Cualquiera de las tres que escuche algo tiene que ir a despertar a las otras —dijo mi tía Toya. Chila y Rosa estuvieron de acuerdo.

"Of course," Chila said, and she smiled, feeling a little better.

"So today, I want you to try to find out who makes tortillas with the same rhythm you heard this morning," added Aunt Toya. Chila nodded her head and agreed not to say anything to anyone.

That day, the three of them were like detectives. They listened for the mysterious rhythm while the other women were making tortillas around the comal. The three of them kept a close watch on everything that happened in the comedor.

The whole day went by. They didn't hear anyone making tortillas with the rhythm they had heard early in the morning. Before they went to bed, they made the same agreement.

"Whoever hears anything has to wake up the others," Aunt Toya said. Chila and Rosa agreed.

Al día siguiente en la madrugada, mi tía Julia escuchó un sonido de palmas muy bonito, como de alguien que hace tortillas, pero como mi tía Julia es muy cascarrabias, a ella no le pareció que el sonido que venía del comedor fuera bonito, y se levantó echando chispas de la cama, diciendo:

—¿Quién se habrá levantado tan temprano a echar las tortillas? —y se fue caminando rápido a la cocina a ver quién era la que la había despertado. A sus pasos, las tablas de la casa temblaban—. ¿Quién será esta desconsiderada que se atreve a despertarme tan temprano? ¡Me acabo de acostar!

Al llegar a la cocina, no había nadie. Todo estaba en completo silencio y en su lugar.

—¿Quién será esta chistosa? —dijo mi tía Julia, y después de un ratito de estar parada enfrente de la hornilla, se fue para su cama echando más chispas que nunca. De regreso a su cama, pensó: "Las inventoras de este chiste han de ser las holgazanas de la Toya y la Rosa".

At dawn the next morning, my Aunt Julia heard a pleasant clapping sound like someone making tortillas. However, since Aunt Julia is very grumpy, she didn't think the sound coming from the comedor was pleasant. She got out of bed hopping mad. "Who could have gotten up so early to make tortillas?" she asked. She walked quickly to the kitchen to see who had woken her up.

The floor of the house shook under her feet. "What rude person has the nerve to wake me up so early? I just went to bed!"

When she got to the kitchen, no one was there. It was totally quiet and everything was in its place.

"Who's trying to be funny?" asked Aunt Julia. After standing for a little while in front of the hornilla, she went back to bed. She was madder than ever. Lying there, she thought, "Those lazy girls Toya and Rosa must have come up with this trick."

A pesar de la cólera que le causó el haberse levantado tan temprano, mi tía Julia decidió no decir nada, y pensó: "Voy a capturar a esta chistosa con las manos en la masa". Y pasó todo el día buscando el ritmo; escuchaba atentamente a ver quién de mis tías y primas hacía tortillas con el mismo ritmo que ella escuchó en la madrugada.

Lo bueno de todo esto es que mi tía Julia pudo ver lo duro que trabajaban mis otras tías y primas haciendo tortillas y preparando la comida del comedor. Las vio moviéndose de un lado a otro del comal, evadiendo las llamas para no quemarse y dándoles vuelta a las tortillas; envolviéndolas en manteles para que se mantuvieran calientitas. Las vio echando tomates y cebollas en sartenes llenos de aceite. Sintió el olor del comedor entrarle en el corazón.

Las vio sirviendo refrescos en vasos de plástico, donde el hielo, a cada paso de ellas, hacía musiquita fresca. Las vio moverse entre los clientes del comedor, como malabaristas. Las vio llevar platos de comida caliente uno en cada mano. El ritmo del comedor también le entró en el corazón.

Despite her anger at being awakened so early, Aunt Julia decided not to say anything. "I'm going to catch that rascal red-handed," she thought. She spent the whole day listening for the rhythm, trying hard to hear which of my aunts or cousins made tortillas with the same rhythmic clapping she had heard that morning.

The good thing about all this is that it made my Aunt Julia see how hard my other aunts and cousins worked making tortillas and preparing food for the comedor. She saw them moving from one side of the comal to the other, avoiding the flames so they wouldn't get burned, flipping the tortillas and wrapping them in cloths to keep them nice and warm. She saw them pouring tomatoes and onions into pans full of oil.

The smell of the comedor made its way into her heart.

She saw them serving soft drinks in plastic cups, where the ice played a refreshing little melody with each step they took. She saw them move among the customers like jugglers, carrying plates of hot food, one in each hand.

The rhythm of the comedor made its way into her heart too.

Los domingos en mi casa comenzaban los sábados. Los sábados se preparaban las hojas y la masa para los tamales—una dulce y otra salada. Se dejaba todo listo para la mañana siguiente.

Esa noche, mi tía Julia se fue a dormir pensando: "Mañana voy a capturar a esa chistosa que se levanta a hacer ruido en las madrugadas".

Mis tías Toya y Rosa le dijeron a mi prima Chila:

—Para bien la oreja hoy, y nos despiertas si escuchas algo.

—Sí, ustedes también me despiertan si escuchan algo —respondió Chila.

En la madrugada, los perros estaban ladrando y aullando misteriosamente, los gatos maullaban y corrían de un lado a otro misteriosamente también. La lora de mi tía Toya, que se llamaba Lorenza, se despertó también y hablaba como siempre, pero esta vez más intensamente, en su lenguaje de lora. "Ruuu, ruuu, ruuu, Toya, Toyita." Lorenza no se callaba.

Sundays in my house began on Saturday. On Saturdays the corn husks and masa for tamales were prepared. There was a sweet masa and a salty one. Everything was made ready for the following morning.

That night, Aunt Julia went to sleep thinking, "Tomorrow I'm going to catch that joker who gets up and makes noise early in the morning."

Aunt Toya and Aunt Rosa said to my cousin Chila, "Keep your ears open and wake us up if you hear anything."

"Okay. And you wake me up if you hear anything," Chila replied.

At dawn the next morning the dogs were barking and howling mysteriously, and the cats meowed and ran around mysteriously, too. Aunt Toya's parrot, Lorenza, woke up and started talking in her parrot language more excitedly than usual, "Ruuu, ruuu, ruuu, Toya, Toyita." She just wouldn't stop talking.

21

Entre el ladrar de los perros, el maullar de los gatos y el hablar de la lora, se alcanzaba a escuchar un ritmo de palmas que provenía de la cocina del comedor. La primera en llegar a la cocina fue mi tía Julia, pero cuando llegó no había nadie. Después llegaron mi tía Toya, mi prima Chila y mi tía Rosa. Luego aparecieron mi prima Mercedes, mi prima Cipriana y mi prima Inés; y al momentito, mi tía Lidia y mi prima Nivea. Llegaron todas mis tías y primas.

Todas, una por una, se pararon en círculo alrededor de la hornilla, como haciendo una gran tortilla. Todas se miraron sin decir palabra de pies a cabeza, como examinándose. Después de un ratito, mi tía Julia habló muy seria:

—¿Quién de todas ustedes ha sido la chistosa que se ha estado levantando de madrugada a hacer ruidos que no me dejan dormir en paz?

Mixed with dogs barking, cats meowing, and the parrot's chattering, a rhythmic clapping could be heard coming from the comedor. The first to get to the kitchen was my Aunt Julia, but when she arrived, no one was there. Then my Aunt Toya, my cousin Chila and my Aunt Rosa came in. Then my cousin Mercedes, my cousin Cipriana, and my cousin Inés appeared, followed by my Aunt Lidia and my cousin Nivea. All of my aunts and cousins showed up!

One by one, they formed a circle around the hornilla, as if making a huge tortilla. They looked each other up and down without saying a word. After a little while, Aunt Julia said very sternly, "Which one of you is the prankster who's been getting up early and making that noise that doesn't let me sleep in peace?"

Todas mis tías y primas se empezaron a señalar la una a la otra, echándose la culpa (quizás por el miedo que le tenían a mi tía Julia...)

De pronto, mi tía Julia golpeó sus palmas para que le prestaran atención, haciendo salir una musiquita como si estuviera haciendo tortillas. Al darse cuenta de lo que había hecho, se rió. La tía Julia ya tenía años de no reírse. Su cara fruncida y dura se endulzó otra vez. Esa mañana sintió en su corazón que volvía a ser niña. Todas se rieron con ella.

Con lágrimas en la cara, mi Tía Julia dijo:

—Las mañanas son para estar alegres como el Espíritu del Maíz —y comenzó a cantar una canción que todas cantaban cuando eran niñas. Al cantar, palmeó con un ritmo muy bonito:

> *Pon-ponte, niña, pon-ponte,*
> *que ahí viene tu marinero*
> *con ese bonito traje*
> *que parece un carpintero.*
> *Anoche yo lo vi, vestido de tulipán*
> *moviendo la cintura para-pa-pan-pan-pan.*

My aunts and cousins started pointing at and blaming each other, maybe because they were all afraid of my Aunt Julia.

Suddenly, Aunt Julia clapped her hands to get their attention, creating a little song as if she were making tortillas. When she realized what she had done, she laughed. She hadn't laughed in years. Her hard, frowning face softened. She knew in her heart that she was becoming a little girl again. Everyone laughed with her.

With tears running down her face, she said, "Mornings are for being joyful, like the Spirit of the Corn." And she began to sing a song they had all sung when they were girls. While she sang, she clapped out a happy rhythm:

> *Get ready, girl, get ready.*
> *Your sailor is coming along*
> *Dressed in that nice suit of clothes*
> *Singing a carpenter song.*
> *Last night he was wearing a tulip for a hat,*
> *Shaking his hips patty pat pat pat.*

Como todas sabían esa canción, todas la cantaron y recordaron cuando eran niñas y jugaban al escondelero y se subían a los árboles de mango y a los guayabos. Se acordaron de cuando se mecían en los columpios y corrían detrás de las pizcuchas. Mis primas estaban emocionadas, ya no le tenían miedo a mi tía Julia.

Luego, mi tía Julia agregó sonriendo:

—Nosotras somos una gran tortilla. ¡Que siga la fiesta de las tortillas!

Y todas se abrazaron, y después pusieron leña en la hornilla, encendieron el fuego, pusieron el comal y comenzaron a hacer tortillas, cada una con su propio ritmo de fiesta en las manos y en el corazón.

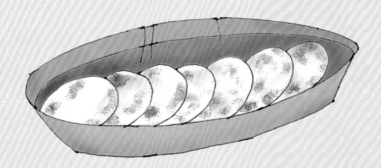

Everyone knew the song, so they all sang it. They remembered playing hide-and-seek and climbing up mango and guava trees when they were children. They remembered swinging on swings and chasing after kites. My cousins were delighted. Suddenly, they weren't afraid of Aunt Julia anymore.

Then Aunt Julia added, smiling, "We are all one big tortilla. On with the fiesta of the tortillas!"

And they all hugged each other. Then they put firewood in the hornilla and lit the fire. They set the comal on top, and began to make tortillas, each with the rhythm of her own fiesta in her hands and in her heart.

Han pasado muchos años y en mi casa aún se cocinan los mismos platos, y mis tías están todas llenas de canas, como rayos blancos o nubes en la cabeza. Ahora, ya viejitas, mi tía Toya y mi tía Julia se sientan en la mesa de hacer tamales y nos cuentan, a mis primas y primos, y a nuestros hijos, de aquellos días cuando el Espíritu del Maíz vino a visitarnos.

—¿Te recordás, Koki? —dicen mis tías Toya y Julia.

Yo las miro con dulzura y respondo "sí" con la cabeza, mientras pienso: "¡Qué bueno es el Espíritu del Maíz! Seguimos siendo una gran tortilla".

Many years have gone by since then, and in my house they still make the same dishes. My aunts' heads are all covered with grey hair, like clouds or white streaks of lightning. Aunt Toya and Aunt Julia, who are now little old ladies, sit at the table making tamales and tell me, my cousins, and our children about those days when the Spirit of the Corn came to visit us.

"Do you remember, Koki?" Aunt Toya and Aunt Julia ask.

I look at them tenderly and nod yes, as I think, "How good the Spirit of the Corn is! We're still one big tortilla."

Glosario

casamiento: Arroz revuelto con frijoles.

comal: Disco de barro o de metal usado para cocer tortillas o tostar granos de café o de cacao.

comedor: Restaurante.

escondelero: Juego infantil en el que unos se esconden y otros buscan a los escondidos. También se llama escondite o escondidas.

hule: Banda elástica.

loroco: Planta en forma de enredadera. Su flor se utiliza como condimento y tiene un sabor parecido a la albahaca.

paila: Recipiente de cocina pequeño de plástico, barro o porcelana.

pizcucha: Cometa, papalote.

pupusa: Alimento en forma circular y aplanada que se hace con masa de maíz y se rellena con queso, frijoles, chicharrones o loroco. Es una comida típica de El Salvador.

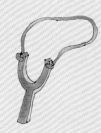

resortera: Tirapiedras. Juguete formado por un canuto de madera que tira piedras y tacos.

Glossary

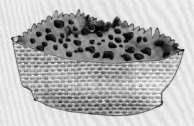

casamiento: Usually a wedding. In this story, it is a mixture of beans and rice.

chicharrón: A fried pork rind.

comedor: Usually a dining room. In this story, it is a restaurant.

comal: A round griddle made of metal or clay used for cooking tortillas, or for toasting coffee or cacao.

hornilla: Usually a burner on a stove. In this story, it is an open fireplace for cooking.

loroco: A vine. Its flowers are used as a spice that tastes like basil.

masa: Dough. In the Americas, particularly, a special corn-based dough used for tortillas and tamales.

mi'jita: Contraction of *mi hijita*. This means "my little daughter." It is used as an affectionate term by older people when talking to a girl.

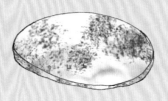

pupusa: A flat pancake of cornmeal stuffed with cheese, beans, chicharrones or loroco. Pupusas are a classic dish of El Salvador.

Para mi tía Toya, que es también mi mamá

To my Aunt Toya, who is also my Mom

J.A.

loqueleo

Text copyright © 2006 by Jorge Tetl Argueta
English translation © 2006 by Santillana USA Publishing Company, Inc.

© This edition: 2016, 2013, Santillana USA Publishing Company, Inc.
2023 NW 84th Avenue
Doral, FL 33122
www.santillanausa.com

Managing Editor: Isabel Mendoza
Art Director: Mónica Candelas

Loqueleo is part of the **Santillana Group**, with offices in the following countries:
ARGENTINA, BOLIVIA, CHILE, COLOMBIA, COSTA RICA, DOMINICAN REPUBLIC, ECUADOR,
EL SALVADOR, GUATEMALA, MEXICO, PANAMA, PARAGUAY, PERU, PUERTO RICO, SPAIN,
UNITED STATES, URUGUAY, AND VENEZUELA.

ISBN: 978-1-63113-871-3

Printed in USA by Bellak Color, Corp.
20 19 18 17 16   1 2 3 4 5 6 7

Library of Congress Cataloging-in-Publication Data [for the hard cover edition]

Argueta, Jorge.
    La fiesta de las tortillas / Jorge Argueta; ilustrado por María Jesus Alvarez = The fiesta of the tortillas / Jorge Argueta; illustrated by María Jesus Alvarez.
    p. cm.
    Summary: The author, who remembers the fragrant dishes prepared at his family's restaurant in El Salvador, recounts a mystery from his childhood involving tortillas.
    ISBN 1-59820-094-1
    [1. Restaurants—Fiction. 2. Cookery, Spanish. 3. El Salvador—Fiction. 4. Spanish language materials—Bilingual.] I. Alvarez, María Jesús, ill. II. Title. III. Title: Fiesta of the tortillas.

    PZ73.A6525 2006
    [E]—dc22   2005029632